内在地

渡辺めぐみ

思潮社

内在地

渡辺めぐみ

思潮社

内在地　目次

I　春を眠る

扉絵＝著者

内在地

Ⅰ　春を眠る

わたしを破る日

風のたがえた約束を
いつまでも覚えている子だった
新しい風を待つことが必要なときもある
と人に言われるたびに
とても深く傷ついた
風をつがえて射ることができるのは
自分だけだと思っていたから
本当はわたしを射てください
と言いたかったときも
わたしは風の威力に屈し続けた

わたしをあげるよ
いくらでも

物売りの目は悲しく淀み
空のひさしをさがしている

売ってください　あなたを

わたしの答えは届いたか
風が物売りもわたしも避けて
生い茂る夏の間隙を通過する

従兄は十四年間盛夏を生きています

物売りは手を止めない
それはきっと素敵なことだった

わたしを要らないんだね

物売りの問いかけは
わたしに届いたか
わたしは物売りに風の約束を期待しすぎたのかもしれなかった
そんなことがよくあった

物売りにもわたしにも
三浦の墓地に休む従兄にも
届かない空があり
風が
真綿のような積乱雲を
ゆかしき物語のように押し上げる
限界値を知ってはいけない

積乱雲のふくらみが
わたしの目にはそう告げた

内在地

《なぜ我らを売ったのか
なぜ寡黙な樹皮の伝承の意味も知らぬ男たちに
我らを売りさばいたのか
鋭利な霊妙を映す刃の雫
その最善の仕置きの餌食にしようとは！》
樹木と草と虫と鳥と蛙とそのどれともつかぬ霊の怒号が鳴り響く
わたしは耳栓をしなくても既に大気の無能に聴力を委ねた者
彷徨するのはおまえたちではない
わたしたちでもない
時だ
とわたしは叫ぶ

木蔭で「ヨブ記」を読むのは兄である
「ヨブ記」を読み終わらないのも兄である
「ヨブ記」によって救われない
救われたヨブの父は
おそらく兄である
兄は言うだろう
地は主《ぬし》の物にあらず
非業の下賤な
時の羽の休まぬところ　と

東にラムネの壜をもてあそぶ子子孫孫が
北に戦火が
南に病者が
西に還俗したばかりの尼僧のマニキュアが
輝くとき

深くうつむく
何者でもない者の顔を
見定めよ
そのむせかえる土の香
その土偶の面ざしの頬に浮かぶ
朽ちゆくものの遠望のまなこの窪みを
見定めよ

生まれなかった兄の子が
風船を空に蹴り上げる
中空にとどまる
兄の愛の
驟雨を切願しつつ
高らかに
道をはずれた至福を笑う
笑いころげる子どもたち

生まれなかった子どもたち
全滅だ　壊滅だ
心停止だ

植物の芽が摘まれ
植物の芽が摘まれ

喪のほろの傘下に育まれぬ
血液の塩辛さを覚えておこう
去りゆく土の味なのだから
去りゆく者のむくろの味なのだから
生きるものの不可侵の
秩序の散華の痛みを掲げつつ
這い寄せる蟻たちの
羽蟻白蟻の類いまで

その活路を断たれたものたちの
姿形を記憶せよ
複眼の無念と終末を

「ヨブ記」を手から離すのは兄である
もの静かな兄である
近づく伐採の嵐の渦の中
孤高に燃え立つのは兄である
だが兄は火の色を見ず
温まることがない
樹木の乾きを呑んで
兄は十二年前に死んでいる

《我ら道なき道をゆく呪いのしもべ
我ら道なき道をゆく生あるものの総称
棄却された未来の巣立ちの卑屈》

虫が　空が　鳥が　樹皮が　石が
唱和して言うだろう
その失意と決意がからまる炎天下
陽を避けて
樹木の湿度に沈み
暗がりの安寧を育てる
何者でもない者の顔を
見定めよ
兄の国から来た者かもしれず
またそうでないかもしれず
屈強な肩をもち
震える樹間に
寄る辺なき視線を
深く落とす者の顔を
見定めよ

《われらその者を知っている》
樹齢を止める古木は言った
《伝令なり…
地の…　伝令なり…　》

＊「ヨブ記」…旧約聖書中の第十八書。主人公ヨブがサタンの試みにもかかわらず、神への信仰を貫く姿を描いた物語。

無声——故山本哲也氏に

風の墜落の音を
幾度も聞いた
その都度窓の外を見たが
街の明かりが
苺色に灯っているばかりだ
何千年の遠さだった
時間と距離が融合し
この書店の窓の外では
わたしの知らない夜の規律を
作り出しているのだ
どこへも行かないで下さい

と言いかけるのは
あまりにも愚問なので
『世界の終わり方』という本を
手に取った
その人はわたしの横で
『世界の起源』という本を
読んでいる

星の誕生の瞬間を
眼の当たりにしたら
わたしのことを
忘れてしまうのではないですか
わたしは不安になって
秋の仕草で
その人の片手が支える
見開きのページに

魔法をかけた
わたしは秋に生まれた人です
世界の秋が来たときには
わたしのことを
思い出して下さいね
けれど
世界の秋とはいつだろう
硫化水素の滝壺から
死者が聖火をかざすときでしょうか
テロや戦争の愚かさを
暦の文字が浮き出すごとく
人の子が悟るときでしょうか

かがよう蟬が
そこにいた
金属で出来ているその羽は

その人のきゃしゃな肩を思わせたので
わたしは魔法が解けぬよう
羽の先で
小指を切った
なぜか透き通ったわたしの血が
その人の読むページの余白に
無音で落ちた
その人は何ごともなく
『世界の起源』を
読んでいる

蟬はまだ
鳴かない

城址

愛されない日の泣き声を
愛される日の笑い声に変えるため
おびただしい数のものたちが
わたしの身体を突き抜けて
滑り降りて行った
あれは
カミソリで切り裂かれる皮膚の流す鮮血よりも
ずっと確かなわたしの過去
そのそばで
鬼が踊る
少ししっぽも生えている

わたしの明日に似ている
と誰かが言った
根本的に治癒しない物事の近くには
白い花が咲き
蝶も飛び交うことがある
すべては幻影かもしれないが
その花を手折って活けるのではなく
その花の気持ちを育てたい
わたしにはそれしか出来ないのだと思う

見えない夏が燃えていた
死にゆく夏が燃えていた

心音

谷を見てはいけないとおじはいつも言いました
谷を渡る風の音《ね》を聞き分けて方向舵にするだけでよいのだと
けれどもわたしは谷の深さを測りたがる癖があり
谷底へ降りようとしては足を滑らせ
よく気を失うのでした
そのたびに空がくつがえり
どちらが空でどちらが地なのか
わからなくなりました
あるときわたしは谷底で眠り込んでしまったのでしょうか
おじが立っていました
おじは厳かに言いました

「この子にキスをしてやれるか？」
見れば谷底へ転落した子供の遺骸でしたが
腐臭さえ発しておりました
とても強烈な
それでいてどこかで確かに嗅いだことのある臭いでした
わたしにはできなかったのです
わたしには何も
何ひとつ
できなかったのです
それきりわたしは谷へは近づかなくなりました
いつか夢の中であの子を抱いてやろうと思い
あふれる涙で浄めてやろうと思い
でもそれは今ではないのだと思いながら
かつて透き通った硝子の柩の中にわたしを納め
置き去りにしたおじのことを
どうして恨むことなどできたでしょうか

いつでも硝子の柩の蓋を破れるように
外に出たくなったら
わたし自身の腕から血を流し
突き刺さる硝子片の痛みとともに
硝子を破れるように
おじがしたことを
どうしてわたしが拒むことができたでしょうか
谷を見てはいけないとおじはいつも言いました
そしてとうとうわたしは谷そのものをわたしの心臓の中に埋めたのです
この胸の高鳴りは
谷を吹く風の音
谷を忘却する風の音
谷で死んだ子供の生きようとする力
死なかったわたしのおじを捜す声
それはきっとおじではなくわたしの明日を捜す声
絶対にわたしをあきらめないことを誓う声帯の震え

谷を見てはいけないとおじはいつも言いました

行路は清夜に隠される…

愛されたいかのように手を広げる木よ
おまえの中に流れる樹液は
わたしたち生あるもののおののきの意味を知っているのか？
知らなくてよい
そのかわり繁らせた葉から吹きこぼれる風の辛苦をもって
わたしを抱いておくれ
気苦労な風
定まりどころのない風の辛苦をもって
短いね　人生は
あっという間に
生を終えたものたちの骨がたまる

それは何十年という時間であって
決して短くないのかもしれないが
おまえを育てた大気と陽光と土にはかなわない
それら加算されてゆく歴史の慰藉の中で
わたしたち何に向かって手を取り合うのだろう
孕んだ母が死んだとさ
名もなき渡り鳥が落ちたとさ
海へ
深海へ
宇宙の誕生の淀みのやはり混沌の秩序を待つ闇の中へ
取られた手を離したくない
忌み嫌われた鬼子であっても
それだから余計に思うのさ
あっちへ行ってはいけない
と妖しい声で体ごと鳴らしている風もいる
丘の先に立つ木々が見える

整備された貯水池を囲む
まだ生き残っている木々だ
しかし本当のあっちとはどこだろう
隔絶された幸せの向こう？
未だ伏せられている真実の
焼けつくほどの落下点？
巧緻な人々の手の中へ
貯水池を作った人々の手の中へ
わたしたちを招き入れる
水の表面張力に向かって
わたしは立つ
あの少し遠い
水の金縛りの力に向かって
わたしは泳ぐ
日没に落涙する大地の悲鳴を聞いたなら
厳かにわたしもやられたということさ

まぎれもなく恒星の偉業の前に
わたしも一度終わったということさ
そのとき黒々と夜に覆われて
貯水池のところへわたしは行っているのだろうか
誰かに手を取られたのだと思いたい
確かに死んで
確かに蘇るのだと思いたい
愛されたいかのように手を広げる木よ
おまえの中に流れる樹液は
わたしの血
たとえこの地を去ろうとも
おまえの孤独は
わたしの孤独

ハニー

カーニバルの日
蜜蜂の巣を覗きにゆくというので
ついて行った
蜂にさされないよう
皆ネットをかぶり
手袋もし
息を殺して
もちろんわたしも
皆のまねをして
全身を覆い尽くして
巣に近づいたっけ

猫の尾と
犬の耳と
鳥の嘴をもつわたしも

ジェルトリュード
とある日ボスがわたしを名づけてから
なぜか順調に尾も伸び
ついばみかたは
ますます上手になっていったもの
けれど問題は耳だった
あまりに地獄耳であったため
わたしは宙吊りになり
振動が止まらなかった
蜜を取りにゆくのですか?
ええ　沢山ね　蜜蜂の巣におまえと一緒に近づくと　蜂が静かになるのでね

ときどきわたしは金糸をかけられて
箱の中で眠った
ジェルトリュードはよく眠る
人になるまで眠っていな
とボスがつぶやくのが
何枚戸を隔てても
わたしには聞こえてしまった
だからわたしは寝癖がついて
髪は蜜でベトベトだ

カーニバルの日
ボスの命令で
蜜蜂の巣を襲う

未生

移動舞台という言葉が好きだった
強力なワイヤーでつられては
どこへでも持ち運ばれる
本檜木の
とても贅沢な舞台のこと
その上で舞いを踊る
役者たちの影を見た
「影が死ぬのは人が死ぬとき
普通はね
だけど
役者が死ぬのは舞台を降りるとき」

当たり前のことなのだが
わたしはこの言葉が怖かった
そしてそのあとに続いたもう一言が
わたしを虚空に沈めた
「役者が死ぬ方法が
もう一つだけあるけどね
舞台を燃やすこと」
本檜木を？
なぜ？
座長ではないか　あなたは
興業不振　踊り手不足　悲恋　病気…
座長のまなこの裏を読む
わたしを水のように映しているだけで
答えが返らない
燃え盛る舞台が見えた
役者たちは焼け死ぬのか

それとも役者の使命を下がるのか
深夜
新しい土地での公演に向け
移動舞台の撤収作業が続いている
わたしはもはや座長とは話さない
産業道路を走行する
大型トレーラーのことを考え始めていた
夜が明けなければいい　このままずっと
夜明けを待ってあの人たちは発つのだ
座長は交替するのかもしれない
移動舞台は
いつかまたここに戻って来るだろう
そんな予感があった
移動舞台の上で演じられる
舞踊劇に魅せられているのか
舞台の役者たちの

揺らめく影を追っているのか
わたしはどちらなのだろうか
座長が男なのか
女なのかも
わからない
わたし自身の性別もわからないのだから
尋ねてはいけないと思った
移動舞台
誰の心にも安らぐことができず
あの人たちは流れ続けてゆくのだ
檜木とともに

役者が死ぬのは
舞台を降りるとき
もう一つだけ方法がある
舞台を燃やすこと

また逢えますか？
ポリエチレンの袋にガソリンと
ライターを持って
ここに立てば
また逢えますか？
あなたは座長なのですから
移動舞台と一緒でなくても
とにかくあなたに逢えますか？
サーチライトを役者の一人が手にして
何かのために駆けてゆく
必死に暗がりを駆けてゆく
座長、檜木を燃やすかどうかはあなたの裁量
もしもどうしてもそうせざるをえないのなら
一緒に燃えましょう
この地で

移動を終わらせるのです
闇夜に赤々と燃えましょう
臨月の寒さのように
燃えましょう
とにかくまた逢えますか？
わたしに逢ってくれますか？
炎の滴る舌を噛み
檜木に溶けてもよいのです
移動舞台の檜木になら
本当に溶けてもよいのです

ボーダー

わたしたちは日を重ね
帰りつかない旅路の友
帰りつく必要などあるのだろうか
わたしたちが置いてきたところには
常に煙立てて進む死があった
その威光を映しておののく事物のこめかみは
異邦人のようにわたしたちを拒み
光なく灯った
天が崩れ
陽が落下する
その残酷な刻の言葉をつかんだわたしたちに

既に地形などなく
わたしたちはこのボーダーをひたすらに越えてゆく
わたしたちが許される民なのか
許されざる民なのか
もはやその問い自体が遠かった
劣化ウラン弾とともに
墓石なく埋められた
兵士の心の空洞に
ダンシネンの森が静かな朝を告げるとき
水とわずかな食べ物と
割れた半顔のマリア像
それらわたしたちのすべてが
このボーダーを越えてゆく
その手の中に握れる像の
失われた顔の行方を抱《いだ》きしめ
わたしたち蛆に未来を見積もられていようとも

悲願を包んで生きてゆく
ボーダー
このボーダーを消し去ること
そのためにわたしたち
決して振り返ることはない

廃地に立ちて

いまわの光
これはいまわの光と呼ばれるものだ
わたくしたちは荒涼とした石ころだらけの土地に立ち
掘削機によって掘られたのではない自然の穴から
わずかに放たれる後光のようなその光を
待ちわびていたものだと決めつけた
何かを何かのための必然だとしてゆくことで
進路を定めるしかなかったのだ

――尚わたくしたちに敵対するものを紙だと思え
――魂を売り捌いたものたちを恐れてはならない

教えは数々あったが
どれもが少なくともわたくしには
不具合だった
奇蹟というものがこの世にあるなら
それを待ちわびてはいけないだろうか

あの人は逝ってしまった
これはあの人ばかりが残したものではないだろう
わたくしは人々から少し離れ
穴から放出される光のわずかさに
感じ入っていた
とてもかすかな力しかそこにはなく
わたくしたちがそれを育てるのだ
鬼子であるわたくしにとって
それは最適の任務であるように思われた

鬼子という言葉が
そう言えばわたくしは十四のときから好きなのだった
鬼にはきっと緑色の魂が宿り
あの穴の秘密に焦がれ続けているだろう
鬼は改革を志すものの総称
いつの日もそのようにして鬼は生まれた
鬼子は鬼の子の意味ではないが
わたくしもまた一匹の鬼として
生きてゆけばよいのだと思った
光のわずかさだけを信じて
光があふれる必要などないということに
どうしてこれまで気づかなかったのだろう

いまわの光に
もう一度近付こうとして
わたくしは足を止めた

光はわたくしに既に受け継がれたように思えたからだ
心臓が
鼓動を止めるかと思われるほど痛んだ

鬼を捜しに行かなければ…
鬼はどちらに行かれただろう…

そのことがにわかに思い出された
夜が音もなくあたりを包んだ
それでもいまわの光があれば
わたくしたちには十分だった
わたくしたちはいつの頃からか流浪の民だったが
道はたどたどしく続いてゆくだろう
わたくしの鬼を捜しに行かなければ…

ベスビアスの犬よ

一番悲しい時間
空を見る
瞬間的に上を見る
空がなくても天井を
一番嬉しい時間
少し上等なティッシュをさがし
どのくらい泣けるか試してみる
あまり遠くまで考えない
大抵はこのどちらでもなく
卑屈に蠟燭の芯のようになっている
誰もわたしを蠟燭と信じない

点火してみようと思う者もいない
燃え尽きたのか
燃えそこなっているのかも
わからない

「散逸物を拾ってみました。不足ですか？　これでは不足ですか？」
と宇宙飛行士がある日わたしに尋ねた
多分彼はわたしの心の中から現われたのだ
親切な細い目をした男だったっけ
彼が拾ってくれたかけらは何だったろう
沢山のキラキラする
あの隕石未満のかけらたち
あれはかつてのわたしの身体の一部だろうか
誰かの失くした時間だろうか
ベスビアス火山の噴火の日も
生きていた犬の魂　こんにちは

シャトル事故で天に上がりっぱなしの飛行士たちよ
その永遠の笑顔たちよ　こんにちは
なぜを言わずに生きることの愚か
それをおもむろに売る行商人のお母さん
いつもいつも　こんにちは
戻れない坂を来ましたね
有史以来　わたしも生まれてしまったお馬鹿さん

「不足ですか?　これでもまだ不足ですか?」
山のように光のかけらを抱え　宇宙飛行士は言う
「どこが足りませんか?」
彼の目はとても熱っぽく　わたしを抱《いだ》く
「わたしでないものを拾えるんでしょうか?　私以外の人生をいただけますか?」
と言わないかわりに黙礼したっけ
ベスビアスの犬よ
わたしはお前になれないわ

おまえを灰にした溶岩流よ
出会えなかったおまえの母よ　そのまた母のまた母よ
父もいたでしょうけれど
それらエレメントがからみ合い
ある日おまえを溶かした
灼熱の　苦悶の　嵐よりも寒い　溶岩流を
わたしにちょうだいとは言えないわ
おまえは消滅し　空洞となり
セメントを流し込まれて　形として復活
今も尚　引き出しの写真集の中に
痕跡として眠る
素晴らしい蘇生と呼びましょうか
おぞましい再生と名付けましょうか
それよりただ　悲しかったねと声をかければいいのかしら
ベスビアスの犬よ
ベスビアス火山噴火の後も　たった一匹の形として留まるベスビアスの犬よ

わたしはおまえに帰れない
わたしはおまえを背負えない
だから

お別れを言うわ
懐かしい目をした宇宙飛行士に
今度彼が来たときに
「散逸物は不要です」
とできるだけ平気を装って
笑顔で言うわ
そして
ときには戻るでしょうね
卑屈な卑屈な蠟燭の芯に
まばたきもせず口もきかないあの芯に
わたしを育てた
私自身でもあるあの芯に

初冬

告知はつらく
告知ははやい
そのはやさの端で
降り畳まれる
息があった

「新しい世界なんて
そう簡単には
手に入らないよね」

見えない

いばらの冠を
かぶせられた
病者の顔に
薄日が射し込む

眩しい
明日が眩しい
新しいことが眩しい
ある日の朝に
その顔に
しずかに白い布が
かけられる

聖職者は十字を切って
祈りを捧げるが
祈りと

神の言葉は
重ならない

まぶたの重さの
内なる響き
それは生ある日さまよった
懊悩の森から
次々と忍び出る
けものの気配
気道を確保しようと
うごめくものたちの
生息という証

奈落へようこそ
と口を開ける
解剖班は

うごめくものたちの
終息を待つことに
いらだちを隠せない

やがて言葉は深く眠り
地下水脈の冷たさを
耳に注いで
人々は立ち尽くす

（十字路のねずみは死にました
追われて　追われて
死にました）

廊下で
子供が童話を読んでいる

触れえぬ者へ

母体が軋む秩序の中で育まれた子
あなたはいつでも青空の影で顔面を覆い
そして笑ったね　僕は痛くない…
月日がかけらとなって降り始めたのは
いつからだったか
何かに優しくされたかったから
うなだれた獣の瞼にとまる小蠅のことを考え
やがてあなたは焼け出された民として
生存の糧を失ったまま都市が逝く時に立ち逢った
切なく排他的な光の中で
わたしはパサパサしたパンをかじる

病床の者の傍ら
待ちわびることとまどろむことは同じ
それは蚕と同じ速度で生きるという証
失われた夢の舳先に行き交う業火
人が燃えることと生かすことは同じ
それならばいつでも香り高い花を胸の中に差し
名もなきビルの間をさまよい歩き
わたしも出てゆこうと思う
震える酸素の中へ
形なき酸素のたくらみの中へ
血と属とその他多くの鎖に捩れるように隔てられ
けれどもわたしたちは人だった
わたしたちはただ人だった

川を負う

神の言葉を使う子どもがいた
水の紐で首を吊り五歳で夭折

それからわたくしたちは無効という言葉を使わない

川に譲り葉が流れ　枯れ葉が流れ
季節が舞った

果てしない報われぬ苦役の旅に疲れたわたくしたちは
河床を覗き浅い水のせせらぎに
水の紐を捜したが

生を逃れた者はいない

わたくしたち水の掟を知る者たちは
川に呪縛され　川に諫められて　生を抗う

〈追われるけものの舌を持ってこの毒を食せ〉
とは子供の最後の言葉だった
異端とは呼ばずわたくしたちは神の言葉と受け止めた

けものが焼かれ食されるたびに
わたくしたちは子供のことを思う
じりじりと追われるけものの舌を持ってわたくしたちは……

川に雪が散り
雪の白さが五歳を超える

名などなく
男児であったか女児であったか
実はよくわからなかった
神の言葉を語る子供の
閉じられた瞼の深さを思って
わたくしたちは頭《こうべ》を垂れる

神の言葉を使う子供がいた
わたくしたちはずっと
子供の顔を覚えていてやることはできない
ただわたくしたち
水の紐を捜すとき
河床に今も子供の素足の端を見る

白

眠らない子の
眠りの中に落ちてゆく
水の玉
しばらくすると上がり降り
やがてリズミカルに乱舞する
そして水の星の物語
眠らない子の
眠りの中に
鈴なりの
ママの声が
こぼれ出し

すっと止んだ
水の玉の中を駆けていた
白い鹿の首が
火を吹いたのだ
白いから…
白いから…
とママの声が
追いかける
眠りの中の
初めての血
標的という言葉を
差別という言葉を
まだ知らない子の
水の星が
陽を浴びる

冬を編む

道に花を置き
あるいは花の幻影を置き
行くことにした。
とてもつらかったときのことを覚えているものを
手離すことなどできないのだ
今を支え
生きている事物
生きている人を。
記憶で乗り切ろうとすることが間違いであったとしても
わたしは常にそのように選択し落ち延びてきたような気がする。

花はばら。
この花のことを
幼いときから本当に好きになったことがない。
血族の痛みとしての棘があり
わたしを遮蔽するから。
それでも道に置くのは
真紅のばらだ。
夜の鏡のように
ときには無に向かって
わたしを照らし返しておくれ。
ばらであるおまえは
わたしを超えるだろう。
そして
血潮が身体から引くときの
おののきの最後の瞬間までは
確かにそこにあり続けるだろう。

儀式として選ばれるのではなく
わたしは目の自由を
視野を選んだ。
凍える寒さの中でも
ばらが見続けるものの中に
わたしはありたい。
おまえは
帰れないわたしを
ときに慈愛深く刺すだろう。
出血が止まらないほど
刺すだろう
カンフル剤の注射のように。

花屋が閉じている。
朝まで
この決意を揺らさず
目を閉じる。
花屋が開き
花をあそこに置くまでは
わたしは手術台の上。

——生あるうちに　影を歩め——

昔描いた絵のタイトルの半分を
花屋の前で唱えよう

明日の朝
十一時か十一時半に
きっと。

シルエット

遠くで生まれるものの呼び声を
しっかり聞き分けられるよう
今日はこのまま眠りにつこう
思い煩うことは沢山あるが
すべてなかったことにする
おろしたてのノートにそう書いてみる
ノートの純白はわたしの感謝
あるいはわたしのささやかな贖罪

久しぶりにその人に逢ったとき
ただただ懐かしく

その気持を悟られたくなかったので
わからなかった
と言ってしまった
その人はどれだけ白髪が増えていたのだろう
以前の白髪の割合も覚えていない
かつてその人はわたしを助けられる位置にはいず
わたしがその人の役に立つということもなかったが
身勝手なわたしにとって
そのようなことはどうでもよかった

あの頃大きな樹木が倒れ
夜になると大抵
その木のそばで火があちらこちらで燃えたのだ
ここを出るな　ここを出るな
と火薬の臭いが告げていた
大きな爆発があったのに

顔面に火傷も負ったのに
その火傷の痛みが樹木の死の傷みを増したのに
わたしは脱走を恐れ
わたしは脱走を思いつめ
火に怯えながら
闇が怖くて
眠れなかった
百ワットの電気をつけ
すっかり服を着たまま
わたしは目を開けて眠った
母は言ったものだ
明かりを消しなさい
目を傷めるから

解体音の近くでは
きっと新しいものが生まれている

それは輝き
それは震え
それは純白の哀憐をまとって
空に向かって巣立つだろう
わたしの触れえないものかもしれないが
その光によってこの厳かな生の影をなぞることができるなら
それでわたしはよいのだった
そのことを忘れていたのかもしれないわたしの胸に
その人の言った言葉が
二週間ほどしたある真昼
窓辺から静かに届いた

白を　白を　白を

その人も　その人のそばに立っていた人たちも
遠く

その人たちは今や幻の国の住人
それでも重荷のひどさのために
ＣＤのいつも同じ曲をかけ
泣きながら詩を書いたあの頃
その国の思い出は
ときどき大切に心を灯し
今も距離と時間の果てに滞留している

ひたすら白を
わたしの白が聞こえてくるのを
待とうと思った

春を眠る

留《とど》まるものには
水草が生え
行き交う葬列の形に
そよいでいたっけ
ジュゴンのようにお眠り
女をお眠り
と誰かが言った
踵の下に
未来の時間を隠し持つ
わたしだった
あれから記憶は

聖者の胸に退き
今は確かな不遇をもてあそぶ

街角で耳を畳んで寝転んでいる犬は
とても美しいあごをしている
と気づきながら
陽射しの中に
魔界の臭いが
混じっているので
誰かが逝くか
何かが逝くのだと思う
それでも空気の粒々を
わたしたちは早春の味だと
信じていればいいだけさ
そのようにして
熱く軽んじられた

木立の午後
髪を切られたわたしは
また男の子になろう

声が裏返ってしまった
サボテンを見た
仕切られたマンションの一室で
悪魔の涙をすすって生きている証拠だ
と人々が言う
その棘ゆえに
非凡であればあるほど
孤独なサボテン

投身自殺しかけたことのあるランナーが
高架線の上を走ってゆく
まばたきするたびに

彼が見える
彼は世界の重みに溶けて
百七歳にもなるだろうか
砕けた足の骨は
世紀を跨いで
わたしたちに告げるのだ
骨は既に粉々ですから
いつでも好きな形を成せます
砕かれても砕かれても
いつでも形を成せます

いとしいもののために
泣けないのなら
それが許されないのなら
春を眠る
髪が伸びるまで

Close your eyes.

――野村喜和夫氏の「言葉たちは移動をつづけよ、つまり芝居を、芝居を」への返詩として

わたしたちのもとにその者はおり
顔までも布に覆われ　光は射さず
しかしその者は言うだろう
終わりのあとには始まりがあると
それを信じよと
いたいけな土くれから
蹴られて蹴られて形を成したのかもしれないその者は
猫でも犬でも神でもなく
しかしその者は言うだろう
生を与えられなかったがゆえの
透き通るような威厳を持って

石のように静かに言うだろう
終わりの日に頭《こうべ》を垂れよ
いつでも立ち戻るがよいと
おまえが終わりの日と感じた日の中に
悲しみの不幸せの究極の輝きであるかのような柩のそばに
魂をはずし立ち尽くすがよいと

わたしたちのもとにその者はおり
わたしたちが助け合えないことを知っている
しかしその者は言うだろう
終わりのあとには始まりがあると
終わりの終わりの日の中へ
目を閉じよ
そのときわたしたちは傷つけ合う者のように出逢うだろうと
終わりが明けてゆくまで
たそがれを知らない時の永遠に身を委ね

無益な時を眠るがよいと
終わりの終わりの日の中へ
目を閉じよ
傷つけ合う者のように
傷つけ合った者のように
ただひたすら魂をはずし
眠るがよいと

＊「言葉たちは移動をつづけよ、つまり芝居を、芝居を」…野村喜和夫著『言葉たちは芝居をつづけよ、つまり移動を、移動を』（二〇〇八年、書肆山田）収録の作品。

Ⅱ　連作詩篇「スパイラル」

誓願

すべてのアスファルトを冷たい雨が銀に染める冬
静かな時を食べ過ぎたよね　きっと　わたしたち
朱の赤のベレーをかぶったねずみたち　二百か二万か知らないが
きっと街の奈落を行進している

きみはぼくのつちだ
とあなたは言った
汚点という意味だろうか
それとも土壌という意味だろうか
あなたの言葉の意味をわたしは問わない　多分　多分　一生涯

愛が寒いならその代償にわたしを燃やしてください
方向音痴なわたしでした　常に　常に
素敵なことは　いつでも　子供時代は星の名ばかり
アルデバラン　アンタレス
その質量比の　果てしない逃亡を
癒しなどでは決してない　その果てしない逃亡を
考えていた　わたしだけが　本当のわたし

生誕に失敗した男の子　あるいは女の子を　産院が匿まう
その数でないいとしさの虚しさの吹きだまりの冬を
悲劇と呼ばず　神が歩む
逝くのか　もう逝くのか　と母は言うだろう
子のそばに斜めに現われ神が影を落とすとき
神とは常にそうしたものであったから
朱の赤のベレーのねずみの一匹さ　きっと　きっと

アールグレイの空の一隅に
明日のぼくの遺影が見える
とあなたは言った

たしなみという言葉の嘘で
国々が　限りなく　傷むとき
口の中を噛んでみる
血は辛く　痛みとなって落ちてゆく
人の尊厳の豪奢なサクリファイスのために泣いたりなどしない
棒立ちの時よ
ためらいがちな単数として
わたしも　恐らく　あなたも
死を見張った
ただ　ただ　地平の彼方に拘泥する
死を見張った

あなたの母の実る木を捜しに行こう
夜霧がブラックホールを透かす頃
あなたとわたし
手を携えて
約束をして　この手の指に
かつて骨の棺に手をかけすぎた
この手の指に　約束をして

朱の赤のベレーをかぶったねずみたち　二百か二万か知らないが
きっと街の奈落を行進している

戦禍

颪もなく殺意が巻き上がる
兵は皆遠視である
一人残らずものが見えすぎるので
生からこぼれたものたちだ
友の最期を脳裏に激写した瞳が
宇宙《そら》の星雲へと届くとき
アンドロメダまで　マゼランまで
見誤ることなく届くとき
これは催眠戦争だ
と二等兵から大将までもが気づくのだ
いや民間人まで気づくのだ

眠ったほうが勝ちであると

いかなる逃走経路も断たれているではないか
と上官は思う
しかし彼は任務を降りることは許されない
血潮に見開かれた光年の瞳をもって
彼は敢然と殺戮の末期を司る
催眠戦争
これは催眠戦争なのではないか

＊　＊　＊

二〇八〇年代の未来から帰還したあなたの手帳には
光の文字でそう記されている

あなたはとても疲れているのですね

あなたは戻ったばかりだもの
亡霊の仮面を脱いで
かそけき地上の
零下の井戸水の中に
まだ戻ったばかりだもの
気温とは例えばまとわりつく衣服の
ピンクの色素
涙の行方を探り求めぬよう
この気温を保とう
とわたしは言う
まず井戸の水から上がり
気温の不確かさを
あなたは覚えてゆくしかないのだもの

催眠戦争が忘れられない
とあなたは言う

首討たれたカラスのように
黒ずくめの衣服に身を包み
まだ地上の色を知らないあなたは
とりあえず眼鏡をかける
ものが見えすぎないように
度のずれた眼鏡をかける

朱の赤のベレーのねずみが行進する時よ
街の奈落を行進する時よ
二百か二万か知らないが
その雑音をもし聴き取ることができるなら
あなたのちぎれかけた耳で
聴き取ることができるなら
貶められたままではいけない
絶対にいけない
と知ってください

朱の赤のベレーのねずみは
何もしやしない
生あることの無価値のために
その比類なき無価値のために
あたかも行進しているかのよう
その無視のその拒絶の視線の寒さに射貫かれてなお
あなたに生きてほしいのです

明日は晴れ
冬の桜が吹くだろう
昼の娼婦の唇の
ワセリンを塗りそこねた乾きのように
ザーザーと　ザーザーと
あなたの黒い衣服の中へ
催眠戦争の記憶の石を踏む人よ
ザーザーと　ザーザーと

冬の桜が吹くだろう
あなたの瞳の修羅を
吹くだろう

あれはわたしたちだけのもの

サグラダ・ファミリアに陽が昇り
形の雫が穿たれる
氷湖に紐解かれてゆく老いたスワンの
仮眠と震え
緊急救命室《イマジェンシールーム》では
事故者の不完全な脈が
ゆっくりと打たれ始め
モニターに次ぐモニターが
臓器の心許ない波形を描く
わたしたちの触れえない
その緻密な

見返りのない行程を
今日も
青空の秩序が飽和する

わたしはあなたを
知っていました
多分　多分
この世に生を受ける
ずっと以前から

あなたの母の実る木を捜しに行こう
でも　どこへ行けばよいのだろうか
テロ　報復戦争　そしてテロ
わたしたちは終わりなき知の冬を
滑ってゆくのかもしれないが
大滑降に失敗したところに

その木はあるのだといいね
裂かれた木肌の樹液の枯渇が
わたしたちを呼んでいるのだといいね
心音のように
わたしはいつしか心であなたに語りかけ
けれども口をつぐんでいる
なぜかわたしはそうなのだった
未来の荒野から
（それは過去の湿地なのかもしれないが）
帰還したあなたには
まだきっと
ねずみの噛み痕が残っているはず
軍服とも違う黒ずくめの
あなたの異形の服の立ち襟の下に
わたしたちを出逢わせた
あるいはわたしたちを分かつ

それはわたしたちだけの
生のしるし
決して確かめあってはならない
被災のしるし

愛撫を埋める

言葉が罪を創るとき
その罪に染まってばかりいては
いけないのだって！
行為が罪を創るとき
その鼓動を浴びても
だめなのだって！
だから
僕は分泌液を止めたんだ！
唾液のことじゃない
精液のことじゃないよ
あれさ　あれ

あなたはどこがずれてしまったんだろう
とわたしは思い
あなたの結露について考える
あなたが止めたという分泌液は
わたしの中にも滴る
あなたの非在の指の股から
少しだけ　ほんの少しだけ
生きてゆくための　記憶
ということなのか
かわいそうなあなたは潑剌と
嘘をつく　宇宙人の逆立ちもする
どこかで汚辱に裂かれ
天地が反転してしまって
そうしてしか生きられないあなたは
リストカットのように

記憶を切ったのか　傷つく前の記憶を
ラル　ラル、ラル　　ラル　ラル、ラル
リストカット　記憶　うたうラル
ラル　ラル
わたしを愛してほしい
とは言わない
抱いて　とも言わない
そんなわたしが好き？
ラル　ラル、ラル
ラル　ラル、ラル
無意味なラル
悲しいラル
わたしを好き？　ラル

治療は続く
治療しているのはわたし

医者ではなく　もはやわたし
ゴム人形のように
あなたを泣く
おーい　戻ってこい　記憶！
あなたのさほど要りもしない
記憶を　すすってあげるから
そのほうが　少しでも良いと思う
ミントより
ナツメグより
あなたには
良いと思う
ラル　ラル、ラル
遊ぼうね　ラル、ラル　ラル、
ラル

雪が落っこちてしまいました

今日は屋根から雪ぼたです
と医療日誌にはつけるしかない
一日の徒労
あなたの折れた翼が
影を曳き
わたしはやはり
その重さに
きしんだ

パーティーそして出発

遺棄された時間の謎なんて
放っておこうよ
もうすぐパーティー
倒立パーティーだから
枯れ葉か譲り葉かわからない葉の
ざわめく音のするある真昼
首筋のねずみの嚙み痕を
タートルネックのセーターで
ひた隠しにするあなたと
わたしが狭い台所に立ち
ウエディングドレスのとてもよく似合う

死んで一年の九十七歳のおばあさんを伴って
素敵なパーティーをする日が近づいている
オイルサーディンとゆで卵
それだけでおいしくて
おいしくて
たったそれだけなのに吐いてしまった
わたしの壊れた頭
あれは四つのとき　いや五つのとき
頭の中を吹き荒れた紫の流砂の謎を
つぶれたきりの細胞のことなんか
忘れようじゃないか
それが何の神経細胞であったって
失った知覚では人を半分しか愛せないことなんか
悲しくなんてないさ
とあなたが言ったら
かっこいいのにね

わたしたちはかっこつけることはできなくて
厳かな不幸せを
セレモニーのように
見つめ返すだけ
昔のことでも
これからのことでも
同じことさ
わたしたちの不幸せは無限大
わたしたちの落ち込みは無限大
わたしたちの虚無の罪は無限大
そしてわたしたち
いつでもなぜだか笑う
多分いつかあなたはレモネードを
わたしはそのときも
どくだみの味のする健康食品の
ジュースをすすりながら

わたしたちは言うだろう
おお　ねずみ
無益な　気高い
一途なわたしたちのねずみが
朱の赤のベレーをかぶって
行進していると
街の奈落を行進していると
わたしたちは出発しなくては
それがいつだか知らないけれど
あのねずみたちには目もくれず
あなたの母の実る木を求め
その日の朝は出発しなくては
明日が　明日が　見えないよ
と言いながら
いちるの望みなく
つつましき夢もなく

笑いながら
出発しなくては

夜は明けるまで待つこと

神にしてはあまりに無慈悲に近い
傍観者たるねずみの死骸が
ベレーなく　もはやベレーなく
千年に一度
路上に浮かぶとき
死骸は語る

夜は明けるまで待つこと
夜は明けるまで待つこと
スパイラル　スパイラル
夜は明けるまで待つこと

スパイラル　スパイラル
夜は明けるまで待つこと
夜は　明けるまで　待つこと

窓

祝砲をどこかで聞いたような気がする
が、それは四、五世代前のことだったのかもしれない
とあなたは言った
耳の底で母が踊る
閉じられた貝のまま
僕の母が踊るのが見える
とあなたは言った

雪は降り止まず
わたしたちは窓について思考する
この白い窓の彼方に

ヨブ記のように煙る平和について
そこに吹雪かれずに残っているはずの
人の意志について
それは発酵し
香り高く
多くの別離の遺跡としてあるのかもしれないが
皮肉にも返り血で浄められたコートを
あなたは畳み
虚無と虚飾と虚勢のうちに
蜂起し始めた林立するビル群の中に
いつの日か戻るか否かを逡巡する

あなたの母の遺骸について
考えているわたし
スパイラル　スパイラル
わたしたちほど

わかり合えないものはない
なぜなら　わたしたち
互いの異形を
互いの異端を
赦し合い
スパイラル
それでもなお
本当には抱《いだ》き合うことができない

なぜだろう　わたしたち
目の位置も
鼻の位置も
わかっているのに
スパイラル　スパイラル
あの大きなねずみが
あなたの母の緩やかな唇の中を

噛み切ったに違いない
その血溜まりの適当な固さが
スパイラル
あなたを時層の外に駆逐したのか

聖書を立てよ
神のように
偶像のように
とわたしは叫ぶ
そして
あなたは遠い

窓は雪である
永遠のように雪である

わたしたち

溶かし合うことはなく
いたわり合う

わたしたち
ただ窓の彼方を見つめ続ける
ひとり　と　ひとり

星夜

誰かが虫の息を運び
わたしも虫の息をのむ
それは闇色の時の仕草

そもそもあなたに本当の母などいたのでしょうか
あなたには母との思い出がないから
母の実る木を思い描くのでしょうか
雪は黒い土に降ってこそ白いのです
星の光は遠いからこそ尊いのです

わたしが何を言っても

あなたは聞こえない
あなたは木の形に立っている
あなたは存在の堅さを確かめたいのだった
色も形もない母の総称
誰も見たこともない母の実る木を
原始の森から地底のマグマにまで
捜し歩きたいのだった

あなたの不可能のけれど不可避の思念を
心にわたしも灯し
地の寝息を吸っていた

もしも母の実る木が見つかったなら
わたしたち人類の罪は贖われるだろうか
殺めあった
咎めあった

瞳と瞳の深い傷の痛みが
母という名において浄められるだろうか

アクリルの氷を
わたしは宝物として集めていた
菫色　モスグリーン　イエローの氷を
溶けることのない氷を
わたしは口に含み
あなたが母の美しい襞から生まれ出た
原罪のために夜を編む

誰かが夜の息を運び
わたしも夜の息をのむ
生存は汚辱
それは生あることの悲しむべき輝き
それは闇に落ちてゆくときのわたしたちの畏れ

わたしたちは
オリオンの三つ星の
最も弱い輝きを放つ恒星を
見つめていた

朱の赤のベレーのねずみが行進する時よ…

口火

君は悲しみをかざではかる癖があるね
積極的に言葉を投げかけたことのないあなたが言った
それがいけないとでも言うように
動乱のビデオを一緒に見ていたときに
あなたが未来からこの世を訪《おとな》う何らかのきっかけとなった
催眠戦争のことを思い出していたのだろうか
わたしは膝を抱きわたし自身の悲しみを抱《いだ》く

過積載のトラックが
産業道路をひた走る
その重金属の震動と通過音が

いつものようにわたしの胸の中をすり抜ける
悲しみは一瞬
確かに鼓動が止まるのは一瞬
わたしたちは死のその瞬間に向かって生きてゆく

輝ける葉よ
陽光に輝ける葉よ
わたしは何度おまえを見るだろう
朽ちる前に
捥ぎ取られる前に
わたしは何度おまえを見ただろう
そのように死を待つわたしたちの生が
悲しみの数ではかられてはならないことを
知っていたのに
光は窓の外で産卵を続けていたけれど
あなたは影そのものとして

ビデオの終わった砂嵐のテレビ画面の前に座っている

僕は血まみれの子供の頭を運んだ
蛆がわくまで放っておけなかったのだ
子のためでなく
子の母のためでなく
僕の…

あなたが未来から持ち帰った手帖には
震える光の文字でそう記されている
はかりがたき悲しみを
悲しみのままに
あなたの生とわたしの生を
都会の真昼が洗浄する
助けたかっただろうに
その子を

助かりたかっただろうに
あなたも
あなたの血の通う痛みを
その微熱を
わたしは愛します

高層ビルの最上階
院内で最も見晴らしの良かった病室の窓辺に
あふれ出していた光をいっぱいに受けて
死にゆく父の枕辺を飾っていたあの花を
明日無し草と名付けたあの花を
明日あなたのために活けよう
あなたは既にいないのかもしれず
スパイラル
子供の頭を運んだときに……
スパイラル　スパイラル

あなたは明日へ帰ってゆくのかもしれず
スパイラル　スパイラル　スパイラル
ただわたしたちわかっているのさ　きっと　きっと
遺伝子配合のことを考えてはいけないと
生存の価値をはかってはいけないと
スパイラル　スパイラル　スパイラル　スパイラル
今手をさしのべられることだけを
形にしてゆくしかないのだと
スパイラル　スパイラル　スパイラル　スパイラル　スパイラル
あなたとわたしの心臓を透過して
真昼が過ぎてゆく
スパイラル
秩序の真昼が過ぎてゆく
スパイラル　スパイラル

未済

病める者も健やかなる者も
貧しき者も富める者も
いつの世にか必ず共に光を見出さん
わたしたちは歯の根の合わないほどの寒さに震えながら
とある木の根元に聖句のような言葉を捧げていた
その木はたいそう疲れた老木で
七割方死んでいると言ってもさしつかえなかった
空を咲かすことも
木蔭に生ける者の心を休めることも
もうかなうまい
それでもわたしたちはどちらからともなく

この木を母の実る木と見立てておきたいと思ったのだ
捜し疲れていたわけではなかったし
諦めていたわけでもなかったが　ただ
ただわたしたちは知っておきたかったのだと思う
愛という名の悲しみが
やがてわたしたちをつがいの鳩のように満たそうと
それは幸ではないということを
いたわりは虚飾の虹
架けられてはならない明日への橋
わたしたちが隔たり合っていることを愛とする
わたしがあなたの母に決してなれないことを
あなたがわたしの父となる日のないことを
その峻厳なる真実の巌《いわお》のごとき落胆を愛とする
それで十分なのではないだろうかと
わたしたちは港から錨をほどかれ
航路をはずれ

さすらう二隻の船
船は近づき
船は離れ
船は一つになることはない
潮に削られるその鉄の痛みをもって
わたしたちは出逢いを思えばよいのだと
わたしたちの贖いえない穿たれた過去の
その半地下の孤独の通路を
あのねずみたちは行進してゆくだろう
朱の赤のベレーをかぶりそしらぬ顔で行進してゆくだろう
これからもずっと
そしてわたしは言ったのだ
あなたの伏せられた長い睫毛に向かって
あなたのために何もしてあげられなかった日々の記憶が
わたしを蝕み泣かせるときにも
わたしたちのかなえられなかった願いをその木に託し

いつまでも覚えていられるように
わたしたちの別離のためなどでなく
わたしたちの出逢いのその尊さのために
その尊さのためだけに
声を出さずに言ったのだ
帰還せよ　静かに未知に　帰還せよ…

あとがき

老人性鬱病がもとで嚥下力を失ったのち胃ろうの手術を受け精一杯再生への道を歩んだ寝たきりの祖母の介護に携わり、その過程で十ヶ月の闘病で果敢に逝った父を看取り、その折に発生したイラク戦争で死傷したすべての人々に肉親を失った経験を重ね思いを致し、生きる術を求めて苦しんでいた頃の詩群からなる前詩集『光の果て』をまとめてから三年余りの月日が流れた。この間に私が背負った生の痛みが再び新たな打開路を求め約七十篇の既発表作品となっていたため、その中から二十八篇を選び第三詩集を編ませていただくことにした。

現代詩という言葉も知らず詩を書き始めた十歳のときから文学作品に対し抱き続けた思いは何だったのか、ゲラの校正をしながら考えてみたのだが、それは生きることの尊さに触れることのできる作品を書きたいという一語に尽きるような気がする。子供時代から身体が弱く体力面で苦い経験を重ねてきた私にしか捉えられない生命の価値に対する敬意の位置があり、それを自らの人間としての立ち位置の正しさに甘えることなく、詩の言葉で読者の心に届けたい、そしてできることならいかなる厳しい現状であろうとも決して諦めることなくそこから立ち上がろうとする生命の浮力を私自身が信じ、読者に少しでも垣間見ていただきたいと思うのだ。そのために私は非道な忌まわしき真実に敢えてヴェールをかけることはしない。それは私の拙い第一詩集作りからの一貫した姿勢である。

第二詩集『光の果て』を読売新聞の書評欄に好意的にお取り上げいただいてからときどき温かいお言葉をいただくことのあった辻井喬氏にこのたび帯文をお願い致しました。辻井氏の全詩集を拝読しつつ帯文をお書きいただくことの責任の重さを痛感致しますが、私にできることは詩を学び続け清く詩を書き続けることしかないのだと思われます。辻井喬氏に、装幀の和泉紗理氏に、思潮社編集部の小田康之氏及び嶋﨑治子氏に、更に本詩集作りに御協力いただいた詩人の方々に深謝申し上げます。まことにありがとうございます。

二〇〇九年盛夏

著者

初出一覧

Ⅰ　春を眠る

わたしを破る日　「紙子」十六号、二〇〇八年十月
内在地　「現代詩手帖」二〇〇六年九月号
無声——故山本哲也氏に　「イリプスⅡnd」二号、二〇〇八年十月
城址　「紙子」十四号、二〇〇七年十月
心音　「庭園詞華集 二〇〇八」二〇〇八年二月
行路は清夜に隠される…　「櫻尺」二十九号、二〇〇六年十一月
ハニー　「ガニメデ」三十四号、二〇〇五年八月
未生　「イリプスⅡnd」一号、二〇〇八年四月
ボーダー　「あんど」七号、二〇〇六年八月（一部改稿）
廃地に立ちて　「ミて」一〇四号、二〇〇八年秋
ベスビアスの犬よ　「あんど」一号、二〇〇二年十一月
初冬　「白亜紀」一二七号、二〇〇七年四月
触れえぬ者へ　「東京新聞」二〇〇六年十月六日（一部改稿）
川を負う　「詩と批評・ポエームＴＡＭＡ」二十五号、二〇〇六年四月
白　「白亜紀」一二六号、二〇〇六年十月

冬を編む　「エウメニデスⅡ」三十三号、二〇〇九年一月
シルエット　「ガニメデ」四十二号、二〇〇八年四月（原題「白を　白を　白を」）
春を眠る　「ガニメデ」三十九号、二〇〇七年四月
Close your eyes.　「庭園詞華集 二〇〇九」二〇〇九年四月

Ⅱ　連作詩篇「スパイラル」

誓願　「詩と批評・ポエームＴＡＭＡ」二十二号、二〇〇六年一月
戦禍　「風都市」十四号、二〇〇六年冬
あれはわたしたちだけのもの　「白亜紀」一二五号、二〇〇六年四月
愛撫を埋める　「交野が原」六十号、二〇〇六年五月
パーティーそして出発　「紙子」十一号、二〇〇六年四月
窓　「紙子」十二号、二〇〇六年十月
星夜　「詩と批評・ポエームＴＡＭＡ」三十七号、二〇〇七年四月
口火　「たまや」四号、二〇〇八年五月
未済　「交野が原」六十四号、二〇〇八年五月

渡辺めぐみ　略歴

一九六五年九月十七日東京生まれ。立教大学文学部日本文学科卒業後、法政大学文学部英文学科卒業。十九歳のとき「現代詩　ラ・メール」の投稿欄への投稿を通じ現代詩を書き始めるが、「ラ・メール」終刊後、数年間祖父の介護のため詩作を休止。
二〇〇一年　第一詩集『ベイ・アン』（土曜美術社出版販売）
二〇〇二年　『ベイ・アン』収録の一篇で第十一回「詩と思想」新人賞受賞。
二〇〇四年　「現代詩手帖」二月号の新鋭特集に参加。
二〇〇六年　第二詩集『光の果て』（思潮社）で萩原朔太郎生誕一二〇年記念・前橋文学館賞受賞。
日本文藝家協会、日本現代詩人会、日本詩人クラブ、日本詩歌句協会、中原中也の会、日本英米詩歌学会　各会員
「紙子」「ウルトラ」同人

内在地《ないざいち》

著者
渡辺《わたなべ》めぐみ
発行者
小田久郎
発行所
株式会社思潮社
〒一六二—〇八四二　東京都新宿区市谷砂土原町三—十五
電話〇三（三二六七）八一五三（営業）・八一四一（編集）
FAX〇三（三二六七）八一四二
印刷
三報社印刷株式会社
製本
小高製本工業株式会社
発行日
二〇一〇年七月一日